AF573470

LA DISGRACE DES DOMESTIQVES.

Comedie representée sur le Theatre Royal du Marais.

A PARIS,
Chez PIERRE BIEN-FAIT deuant la Sainte Chappelle, à l'Image Saint Pierre.

M. DC. LXII.

Auec Priuilege du Roy.

BELLE IRIS

C. D. B.

IE sçay bien que vous me blâmerez de ce que ie vous ay dedié ma petite Comedie de la Disgrace des Domestiques, & que peut-estre ie me mets au hazard d'estre disgratié d'aupres de vous pour toute ma vie en vous la dédiant, par ce que vous l'offrir c'est faire un present Burlesque à la personne du monde la plus ſerieuſe, toutefois ſi vous daignez vous ſouuenir qu'elle ne vous a pas dépleu dans ſa representation : Et que meſme elle a eu aſſés de bon-heur pour vous faire diſſiper vn peu de chagrin, ie m'imagine que vous pardonnerés facilement à la temerité qui ma pouſſé à vous la donner, & que malgré ces deffauts, vous aurés encor aſſés de bonté pour la regarder auec quelque ſorte d'indulgence, pour peu que vous veüilliés conſiderer que ce n'eſt que la grandeur de mon zele qui ma obligé à vous la preſenter, ioint que vous eſtes trop aimable pour haïr le procedé de celuy qui ne recherche autre chose, qu'à vous témoigner par toutes les actions de ſa vie qu'il deſire eſtre eternellement,

BELLE IRIS,

Voſtre tres-humble & tres-obeïſſant ſeruiteur,
CHEVALIER.

A IRIS.

DIuin charme de l'vniuers
Ie vous auois promis des vers,
Mais comment tenir ma promesse
Vous estes toute de beauté
Ma muse est toute de foiblesse,
Que faire en cette extremité.

Si i'entreprens de vous loüer
Vous allés m'en desauoüer,
Par ce que i'en suis incapable
Ioint que les termes les plus doux
N'ont rien d'assés considerable,
Alors qu'il faut parler de vous.

Pourtant obiet rare & charmant
Ce que l'on peut humainement,
Ie m'en vay tâcher de le faire
Et si ie n'y reüssi pas
Ne me croyés point temeraire,
N'en accusés que vos apas.

Quand on vault ce que vous valés
Qu'on parle comme vous parlés,
Qu'on est belle comme vous estes
Qu'on à l'air comme vous l'aués
Qu'on fait tout bien comme vous faites,
Se sont chef-d'œuures acheués.

Ainsi vostre diuin aspect
Imprime par tout le respect,
Voyant cent miracles ensemble

Vos merueilleuſes qualités
Font que noſtre liberté tremble,
Au moindre éclat de vos beautés,

Pardonnés moy dans mes ardeurs
Si de tous vos adorateurs,
I'oſe icy me mettre du nombre
Mes feus ſont pour vous ſi puiſſans
Que l'amour meſme n'eſt que l'ombre
De celuy que pour vous ie ſens.

I'aurois bien voulu le cacher
Mais quoy, ie n'ay pû m'empécher,
Aimable Iris de vous le dire
Quand i'aurois paru plus diſcret
Ie ſouffrois vn ſi grand martire,
Qu'on auroit connu mon ſecret.

Permettés donc que dans ce
iour
Ie vous declare mon amour,
Par mes petis vers plain de zele
Et pour vous le bien exprimer
Ie ſuis homme, & vous eſtes
belle,
Iugés ſi ie vous dois aimer.

Oüy ie vous aime belle Iris
Et ie veux que dans mes écris,
On voye éclatter voſtre gloire
Afin cher obiet mon vainqueur
Que voſtre adorable memoire,
Soit par tout comme dans mon
cœur.

LES ACTEVRS.

POLICARPE pere D'ENGELIQVE.

FABRICE Comis de POLICARPE, & amoureux D'ENGELIQVE.

GVILLOT valet de POLICARPE.

ENGELIQVE fille de POLICARPE, amante de FABRICE.

MAROTTE seruante D'ENGELIQVE.

La Scenne est dans la Maison de POLICARPE.

LA DISGRACE DES DOMESTIQVES.

COMEDIE REPRESENTEE sur le Theatre Royal du Marais.

SCENNE I.

GVILLOT, *seul tenant vn pot en sa main dans lequel il vient de tirer du vin.*

CEpendant que le Sieur Fabrice
Fait l'amoureux & le iocrice,
Aupres d'Engelique aux yeux doux,
Ie vay boire cinq ou six coups,

Mais qui diable vois ie paroistre
C'est nostre vieil marsoin de Maistre,
Mettons nostre pot dans ce coin
Nous le reprendrons au besoin,
Car me trouuant vuidant la peinte
Il me donneroit quelque atainte,
Il se cache.

SCENNE II

POLICARPE.
FABRICE.

POLICARPE.

VIte sortés d'icy faquin
Comment vous faites le bouquin,
Le godelureau, l'agreable
Le doucereux, le beau, l'afable,
Le dolent, l'amoureux transi
Encor vn coup sortés d'icy,
Et sans plus mugueter mes filles
Prenés vostre sac & vos quilles,
Mais despechés de détaller
Sinon ie vay vous estrangler.

FABRICE

FABRICE.

Monsieur quelle faute ay ie faite

POLICARPE.

Deslogés viste & sans trompete,
Autrement vous verrés sur vous
Tomber vne gresle de coups,
Vous sçaués que les coups de gaulles
Sont entipodes des espaulles,
Songés donc à vous éuader
Ou ie vay vous entipoder.

FABRICE.

Mais pourquoy faut il que ie sorte

POLICARPE.

Sans plus iaser gagnés la porte,
Promptement vous dis ie, sinon
Ie vous vays à coups de baston
D'vne fureur espouuantable
Enuoyer la seruelle au Diable,

SCENNE II.

FABRICE, seul.

Helasquel destin est le mien
Faut il abandonner mon bien,
Faut il par vn malheur extreme

Quitter Engelique que i'aime,
Mais s'il est ordonné du sort
Perdant ce bien cherchons la mort,
Oüy, oüy, mourons ..

SCENNE III.

FABRICE, GVILLOT.

FABRICE arreste
Il ne faut pas estre, si beste,
Mais à propos ne craignons rien
Ce sont tours de Comedien,
Loin de mourir sur ma parolle
Il boira tantost comme vn drolle,
La peste qu'il n'est pas si sot

FABRICE.

Est ce toy cher amy Guillot,
Sçay tu le malheur qui m'accable
dit GVILLOT, *s'estonnant*
Non où ie me donne au Diable,
Si tu ne me le fais sçauoir

FABRICE.

GVILLOT ie suis au desespoir,
Mon Maistre m'a mis à la porte

GVILLOT, *s'estonnant tousiours.*

Nostre Maistre veut que tu sorte,
Au moins ne ta t'il point chargé

FABRICE.

Non, mais il ma donné congé,
Iuge par la de ma disgrace

GVILLOT, *s'estonnant tousiours.*

Quoy donc nostre Maistre te chasse,

FABRICE.

Oüy

GVILLOT, *s'estonnant tousiours.*

Tu n'est plus dans la Maison
Et l'on ne te veut plus voir.
Non,
Et ie n'ay plus nulle esperance

GVILLOT, *s'estonnant toujours, & faisant semblant d'en estre fachè.*

Il t'a banni de sa presence

FABRICE.

Oüy, voy quel malheur est le mien

GVILLOT *tesmoignnat beaucoup de ioye*

Il à fait en homme de bien,
Et si m'en auoit voulu croire
Il t'auroit brisé la machoire,
Il eut bien eu le diable au corps
S'il ne t'auoit pas mis de hors,

Va va bien loin qu'il m'en déplaise
Ie iure que i'en suis fort aise,
Estant chez nous il prit, le train
De me faire enrager de faim,
Le traistre employa son menage
Iusques à rogner mon potage,
Et mon escuelle au bout d'vn mois
Fut plus petite de trois dois,
L'on ne voioit iamais en troupe
Rien qu'vne miserable soupe,
Estanduë tout de son lon
Dans mon malencontreux bouillon,
Encor pour auoir cette soupe
Il me falloit le vent en poupe,
Et pour l'attrapper au plustost
Me ietter en nage pataust,
Iugés si ce bel économme
Que la fieure carraine assomme,
Que ce lutin puisse manger
Sur ce point me fit enrager,
Mais ie suis seur que si i'enrage
Qu'il enrage encor d'auantage,
Et qu'estant hors de la Maison
Le voila plus sot qu'vn Oison,

FABRICE.

Ah, Guillot soy plus raisonnable

N'insulte point vn miserable,
Ie suis tellement abatu

GVILLOT.

Tu n'est rien qu'vn gueux reuestu,
Et ie veux que chacun t'apelle
Grandissime rogneur d'escuelle,
Car tu merite bien ce nom
Pour vne si sotte action,
Mon Maistre deuoit ie te iure
Battre sur ton dos la mesure,
Pour son bien & pour mon repos
Iusques à te briser les os,
Et pour te faire chere entiere
Te ietter dedans la Riuiere,
Ma foy i'en eusse esté rauy

FABRICE.

Mais quoy n'ay ie pas bien seruy,
Monsieur Policarpe mon Maistre
Et n'ay ie pas bien fait paroistre,
Le zele d'vn bon seruiteur

GVILLOT.

Non, tu n'est rien qu'vn affronteur,
Et quand ie te chanta ta game
Il en tousiasma mon ame,
Mon potage estant reformé

Ie voudrois qu'il t'eust assommé,
Alors qu'il estoit necessaire
D'aller pour mon Maistre en affaire,
Le drolle passoit tout le iour
A fricasser chés nous l'amour,
Et ne pouuoit quitter nos filles
Tant elles luy sembloient gentilles,
Parfois faisant semblant de rien
I'escoutois tout leur entretien,
Il disoit poussant des flaurettes
Ah, que vous me semblés bien-faites,
Et comment voir des yeux si doux
Sans se rendre aussi-tost à vous,
Il leur composoit vne fraze
Qu'il les rauissoit en extaze,
Enfin Monsieur le cajolleur
Leur donnoit tout de son meilleur,
Sa maudite & chienne de patte
Rajustoit tousiours leur crauatte,
L'espingle de vostre mouchoir
Malheureusement vient de choir,
Disoit il, si cela vous fâche
Souffré que ie vous la ratache,
Tout cela ç'estoit des façons
Pour leur manier les restons,
Si bien que tu n'est qu'vne beste

Et par les pieds & par la teste,
Et pour auoir fait tout ce mal
Ie te condamne à l'Hospital,

FABRICE.

Quoy me traitter de ces manier

GVILLOT.

Tu merite les estriuieres,
Mais tient toy gaillard sur ce point
Tu les auras n'en fut il point,
Bon soir

GVILLOT *faint de s'en aller.*

FABRICE, *le retenant.*

Escoute deux parolles
Guillot tu me dois six pistolles,
Que tu sçay que ie te prestay
Lors que dans le logis i'entray,
L'argent presté qu'il faut qu'on rende
Enfin iamais ne se demande,

GVILLOT.

Pourquoy donc le demande tu
Tu pourrois bien estre batu,
Cela ne se deuant pas faire
D'où vient que tu fais le contraire,
Ie te trouue bien insolent

FABRICE.

Ie pretens auoir mon argent,

GVILLOT.

Scais tu ce que tu peut pretendre
C'eſt qu'vn iour tu te feras pendre,
Lors qu'on veut auoir de l'argent
Ce n'eſt pas la comme on ſi prend,
Scache qu'il faut qu'on s'humilie
Pour aprocher ma Seigneurie,
Et pour auoir tes ſix Loüis
Qu'il me faut traitter de Marquis,
De Vicomte de Duc d'Alfeſſe

FABRICE.

Quoy faut il dont que ie m'abaiſſe,
Iuſques à ſouffrir qu'vn maraut

GVILLOT.

Diable que tu le porte haut,
Quand on ſouhaite quelque grace
On ne montre point tant d'audace,
Prend donc vn ſtil differant
Traitte moy d'Illuſtre, de grand,
Si de ces titres tu me traitte
Va parbiou ta fortune eſt faite.

FABRICE. *apart.*

Bien faiſons donc ce qu'il voudra

GVILLOT.

Monſeigneur quand il vous plaira,
Par voſtre premier gentil homme

De me faire donner ma somme,
Pour m'en aller en mon pays
Monseigneur, mon Duc, mon Marquis,
Mon Comte

GVILLOT.

Comte conte conte,
Parbleu l'humilité me dompte,
Ce faquin me gaigne le cœur
En me traitant de grand Seigneur,
Et par ma foy ma Seigneurie
Mesme ma Genealogie,
N'auoit iamais eu le bon heur
De receuoir si grand honneur,
Ce fat me touche iusqu'à l'ame
Et son discours d'aise me pasme,
Ce n'est pas auoir peu de sens
Que sçauoir l'art de plaire aux grands,

FABRICE.

S'il plaist à vostre courtoisie

GVILLOT.

Dieu me damne tu m'estasie,
I'ayme les hommes de vertu
Et bien que me demande-tu,

FABRICE.

Ie prie humblement vostre Altesse

Quelle me tienne sa promesse,
En me donnant les six Louis
Que tantost elle m'a promis,

GVILLOT.

Enfin donques tu me demande

FABRICE.

Vne somme qui n'est pas grande,
Dont pourtant ie seray rauy

GVILLOT.

Va Dieu t'assiste moy amy.

SCENNE IV.

FABRICE, *seul.*

VIs-t'on iamais telle disgrace
Vn Maistre d'auec luy me chasse,
Vn coquin ce moque de moy
Ie suis sans argent sans employ,
Mais quoy ma plainte est inutille
Il faut mieux chercher dans la ville,
Quelqu'vn qui puisse me donner
Dequoy m'en pouuoir retourner,

Fabrice ſort.

Ouy c'eſt la ma derniere eſpreuue.

SCENNE V.

POLICARPE, ENGELIQVE MAROTTE,

POLICARPE.

PRomptement faiſons Maiſon
neuue,
Cependant que ie ſuis entrain
Ie pretens faire vn nouueau train,
I'ay deſia mis de hors Fabrice

ENGELIQVE.

Mais mon pere quelle iniuſtice,
De chaſſer de voſtre maiſon
Cet incomparable garçon,
Que vous deuiés auoir ſans ceſſe
Pour voſtre baton de vielleſſe,
Ah, mon petit papa mignon
Retenés voſtre fabriſſon,

POLICARPE.

Taisés vous petite friquette
Ne faites plus tant la coquette,
Quand vous m'en priés, sur ma foy
C'est bien plus pour vous que pour
moy,
Mais cessé sur cette matiere
De me faire aucune priere,
Ie vous promets qu'il s'en ira

ENGELIQVE.

Moy ie dis qu'il demeurera,

POLICARPE.

Ah, qu'il faut icy de mistere
Dites moy voulés vous vous taire,
Car à la fin vostre quaquet
Feroit mettre au vent daguenet,
Ne soyés dont plus mal aprise
Autrement ie vous daguenise,

ENGELIQVE.

Diantre soit du dagueniseur
Du renfrogné du viel resueur,
Dont la rigueur me desesper

POLICARPE.

Est ce ainsi qu'on parle à son pere,
Mais i'aperçois venir Guillot
D'où viens-tu dont plaisant falot,

SCENNE

SCENNE VI.

GVILLOT.

IE viens de parler à Fabrice
Qui ſe plaint de voſtre caprice,
Diſant que vous l'aués caſſé
POLICARPE.
Il eſt vray que ie l'ay chaſſé,
Et ne pouuois iamais mieux faire
Pour mon honneur & pour me plaire,
Que banir cet eſprit quoquet
GVILLOT.
Monſieur que vous aués bien fait,
Vous alés eſtre dans l'Hiſtoire
Pour cette action de memoire,
Ce faquin faiſoit l'entendu
Il croioit que tout luy fut du,
Il tranchoit chez vous du capable
Il faiſoit le beau, l'agreable,
Voſtre fille auoit des apas
Qui ne luy deſagreéoient pas,

Il luy vouloit faire comprendre
Ce qu'estoit la carte du tendre,
Mais ce n'est rien qu'vn sot tout pur
Auecque son tendre & son dur,

POLICARPE.

Est il party ton camarade

GVILLOT.

Iusques à demain il retarde,
Ne le pouuant pas auiourd'huy

POLICARPE.

Tu n'as qu'à partir auec luy,
Et mon ame sera rauie
Si tu n'en reuiens de ta vie,
Parts dont viste & sans raisonner
Où ie te vay bien gourdiner,

GVILLOT.

Vous vous moqués de vostre esclaue
Donnés moy la clef de la caue,
Donnés que i'aille visiter
Vostre vin qui se va gaster,

POLICARPE.

Tu le bois auec tant de haste
Que malaisement il se gaste,
Mais ie veux estre au rang des morts
S'il en entre plus dans ton corps,
Ce traistre auec sa gargamelle

Donne à mes tonneaux la grauelle,
Et les va si bien caresser
Qu'il les empesche de pisser,
Ie ne veux plus de ton seruice
Prend dont le chemin de Fabrice,
Car apres m'auoir fort outré
Sçais tu bien que ie te tueray,

GVILLOT.

Ah, Monsieur c'est vne imprudence
Que me tuer en ma presence,
Vous m'alés voir mourir d'effroy
Si vous me tué deuant moy,
Quand nous ne serons plus ensemble
Vous me tueray s'il bon vous semble,

MAROTTE.

Quoy vous chassés aussi Guillot
Ce pauure enfant qui ne dit mot,
Qu'il va deuenir maigre eschine
S'il s'en va de vostre cuisine,
Ah, Monsieur ne le chassés point
Pour conseruer son en bon poїnt.

POLICARPE.

Rentrés au logis idiote
Vous aussi Madame la sotte,
Qui ne faites que contester
Siuon vous vous ferés frotter.

SCENNE VII.

GVILLOT *seul.*

AH, viel rabin de sinagogue
Dont la teste est comme vn gogue,
Dont l'esprit est tout de trauers
La ceruelle tout à l'enuers,
La mine toute rechignée
L'ame eternellement damnée,
Puisse tu trouuer viel demon
Chés toy mille coups de baston,
Et qu'apres ce miserable homme
Qui souuent les brigans assomme,
Te meine durant quinze iours
Visiter tous les carefours,
Et qu'en suitte ton sort s'acheue
Dans le beau milieu de la Greue,
Voila la bien heureuse fin
Que ie souhaite à ton destin,

Va que la foudre te confonde

SCENNE VIII.

FABRICE, GVILLOT.

FABRICE.

Ie suis le plus content du monde,
Mon bon heur n'eust iamais d'esgal
Vn amy me preste vn cheual,
Et pour m'obliger d'auantage
Cent pistolles pour mon voyage;
Ie pars d'icy fort satisfait

GVILLOT *regardant vers la porte de son Maistre.*

Vas tu na's iamais si mal fait,
Qu'à lors que tu chassa Fabrice
Ce garçon parfait & sans vice,
L'œconome de ta Maison
Qui n'a rien en soy que de bon,
Mais pour cette malice estrange
Que bientost quelque loup te mange,

Et qu'auant que de t'aualer
Il te puisse bien estrangler,
Que la rage te bate au ventre
Que la terre t'ouure son centre,
Afin que tu tombe en Enfer
Entre les bras de Lucifer,
Et que si fort il t'y retienne
Qu'au grand iamais tu n'en reuienne,
Tu seras bien la sur ma foy

FABRICE.

Qu'as tu donc,

GVILLOT.

Ie parlois pour toy,
A nostre viel serpent de Maistre
De ce qu'il ta paru si traistre,
En te mettant dehors ainsi

FABRICE *dit ces six vers.*

Guillot n'en soit point en soucy,
Pour banir ma melancolie
Ie m'en vay iusqu'en Italie,
De la ie passe en Portugal
I'ay cent Louis vn bon cheual,
Ie m'en vay mener bonne vie

GVILLOT.

Ie te veux tenir compagnie,
Pour me diuertir auec toy

FABRICE.

Mais Guillot auras tu dequoy,
Car il en faut pour te conduire

GVILLOT.

Tes cent Louis pouront suffire,
Ne suffisant pas, bien & beau
Nous yrons vendre mon manteau,
Fait dont çeler ta haridelle
Puis ie mettray le cul sur çelle,
Et par pitié quand ie voudray
La croupe ie te presteray,
I'oblige de belle maniere

FABRICE.

C'est me faire la grace entiere,
Mais parlons auecque raison
N'est tu point hors de la Maison,
Ie pense connoistre à ta mine
Qu'on ta bany de la cuisine,
Et ie iurerois sur ma foy
Qu'on t'en à fait autant qu'a moy;

GVILLOT.

Non pas, mais mon Maistre, Fabrice,
Ma bien dit que ie te suiuisse,
Et qu'il m'estrilleroit enfin
Si ie ne prenois ton chemin,
C'est le discours du galant homme

FABRICE.

Sçay tu comment cela ſe nomme,
Iuſtement valet à loüer
Et ie te veux bien aduoüer,
Que ie ſens vne ioye extreme
De ce qu'il ta traité de meſme,
Tantoſt tu te moquois de moy
Maintenant ie me ris de toy,
Ah, Monſieur de la Guillotiere
Ton humeur eſtoit par trop fiere,
Tu voulois des titres exquis
Que l'on te traita de Marquis,
D'alteſſe, de Duc, de Viconte
Et tout cela rien qu'à ta honte,
Car te voila changé ſoudain
D'vn grand Seigneur en vn gredain,
Ah, que ſi i'aimois la vengence

GVILLOT.

Voila comme tourne la chance,
Hier i'eſtois tout a fait heureux
Auiourd'huy ie ne ſuis qu'vn gueux,
Et la plus grande gueuſerie
S'eſt miſe ſur ma friperie,
Ah, que mon deſtin eſt cruel
Me voila capon eternel,
Quiconque verra ma figure

Il verra la pauureté pure,
Tantost ie faisois du cancan
Et ie ne suis plus qu'vn croquant,
Mais qui faire c'est la fortune
Qui m'en à voulu bailler d'vne,
Et quand mesme ie m'en tueray
Elle n'en fera qu'à son gré,
I'ayme dont mieux la laisser faire
FABRICE.
Mais conte moy tout le mystere,
Nostre Maistre ta t'il chassé
GVILLOT.
Ouy, Fabrice & fort menassé,
Et si bien fait le Diable a quatre
Que ie croiois qu'il m'aloit battre,
Et me mettre au rang des occis
FABRICE.
Quoy tu n'est plus dans le logis,
Il t'auroit fait cette incartade
GVILLOT.
I'en suis sevré mon camarade,
Il m'a mis dehors comme vn chien
FABRICE.
Il a fait en homme de bien,
Et deuoit faire tintamare
Sur ton dos à grand coup de bare,

Et te donnant du pied au cu
Te mettre à la porte tout nu,
C'eust esté te rendre Iustice

GVILLOT.

Cesse de me railler Fabrice,
Et songeons plustost à partir

FABRICE.

Guillot ie n'y puis consentir,
Et plus à partir ie m'aplique
Moins ie puis quitter Engelique,
Comment abandonner ces lieux
Apres auoir veu ces beaux yeux.

GVILLOT.

Fabrice quand ie m'imagine
Qu'il faut quitter cette cuisine,
Où ie beuuois comme vn bacus
Où ie chantois gaudeamus,
Où ie me delectois sans cesse

FABRICE.

Ah, quand ie songe à ma Maistresse,
A son meritte à sa beauté

GVILLOT.

Ah, quand ie songe à ce pasté,
Dequoy ie coupois vne tranche

FABRICE.

Ah, quand ie pense à sa main blanche,

Dequoy si delicatement
Elle touchoit vn instrument,
Quelle me rauissoit l'oreille

GVILLOT.

Quand ie pense à cette bouteille,
Dont le ventre à six pieds de tour
Que ie vidois trois fois par iour,

FABRICE.

Que i'aime à contempler sa grace

GVILLOT.

Que i'aime vne bonne becasse,

FABRICE.

Et que ie cheris ces apas

GVILLOT.

Que ie cheris vn grand repas,

FABRICE.

Quel plaisir de voir ce bel Ange

GVILLOT.

Quel plaisir quand on boit & mange,

FABRICE.

Qu'on aime vn ouurage si beau

GVILLOT.

Que i'aime vne longe de veau,

FABRICE.

Ah, que ne vois ie son visage

GVILLOT.

Ah, que ne vois ie vn grand potage,

FABRICE.

Aupres duquel tout autre est lait

GVILLOT.

Que n'ay ie vn gros cochon de lait,
Ah, que ie ferois bien ripaille

FABRICE.

Quand ie pense à sa belle taille,
A son port, son esprit diuin

GVILLOT.

Quand ie pense a ce bro de vin,
Qui me d'égoutoit dans le ventre
Ah que i'estois bien dans mon çentre,

FABRICE.

Faut il quitter ces yeux si beaux

GVILLOT.

Faut il quitter ces Aloyeaux,
Ces Dindons, ces bonnes viandes
Si delicates, si friandes,
Chapons & Gigos de Mouton
Dont ie mengressois le menton,
Et faisois ma plus grande gloire
De m'en donner par la machoire,

FABRICE.

Mais, mes regrets sont superflus

Plus

Puis que ie ne la verray plus,
Guillot ie ſuis inconſolable

GVILLOT

Que ie regrette cette table,

FABRICE.

Tu ne ſonge rien qu'à manger

GVILLOT.

Toy rien qu'à me faire enrager,
Laiſſe la cette amour auide
Et comme moy ſonge au ſolide,

FABRICE.

Ie ne ſonge qu'à mon chagrin

GVILLOT.

Moy qu'à raſſaſier ma faim,
Et ſi i'auois bien dequoy frire
Ie verrois finir mon martire,

FABRICE.

Mais ſans faire tant de regrets
Recherchons pluſtoſt les ſecrets,
De nous remettre bien en grace
Aupres du Maiſtre qui nous chaſſe,
Regarde donc par quel moien
Nous pourrons nous y mettre bien,
Cherche en ta teſte

GVILLOT.

Ah, quelle beſte

Oüy ie m'iray casser la teste,
Pour te trouuer l'inuention
De r'entrer dedans la Maison,

FABRICE.

Guillot il n'est pas temps de rire
Comprens mieux ce que ie veux dire,
Il faut nous employer tous deux
S'il se peut pour nous rēdre heureux,
Et nous ne sçaurions tous deux l'estre
Qu'en r'entrant auec nostre Maistre,
Sa fille dont ie suis aimé
Et son bon vin qui t'à charmé,
Merite bien tous deux qu'on face
Quelqueffort pour r'entrer en grace,
Songes y dont mon cher Guillot

N'a t'on point escroqué mot pot,
Ie veux dans son ius delectable
Trouuer vn moien admirable,
Cherchons i'ay retrouué mon vin
Tu n'as qu'à bannir ton chagrin,
Comme le vin fait des miracles
Nous r'entrerons sans nuls obstacles,
Prens doncque cette peinte soit
Nostre vieil Maistre qui paroist,
Ie vais auec ma Retorique
M'estendre sur le patetique,

Et ſon cœur fut il de rocher
De ma harangue le toucher,
C'à commençons dont la harangue
Mais las, ie ſens ſeicher ma langue,
Il faut auant que babiller
Et l'humecter, & la moüiller,

Il boit.

Or ç'à maintenant ie commence
Exprimons noſtre doleance,
Noſtre Maiſtre ſi vous vouliés
Nous voyant tous deux à vos pieds,
Monſtrer en nous voſtre clemence

Il boit.

Vn peu de ius de ſapience,
Il commance de s'adoucir
Que nous alons bien reüſſir;
Recommançons dont à reprendre
Le delicat, le doux, le tendre,
Acordons nous ſur le plaintif

Il boit.

Que le temps eſt alternatif,
Ma harangue à beaucoup de charme
Et noſtre Maiſtre ſe deſarme,
De toute ſa mauuaiſe humeur
Ne connoiſt tu point vn tailleur;
Il nous ſeroit bien neceſſaire

FABRICE.

Pourquoy Guillot qu'en veut tu faire,

GVILLOT.

Pour faire vn abit à ce pot
Qui montre le cul comme vn sot,

FABRICE.

Ah, que ta sotise me gesne

GVILLOT.

Sortons ne te mets point en peine,
I'imagine vn inuention
Qui nous mettra dans la Maison,

Ils r'entrent.

SCENNE IX.

POLICARPE, ENGELIQVE, MAROTTE.

POLICARPE.

ENfin ie suis fort à mon aise
Ie n'ay plus rien qui me déplaise,
Ie suis deffait de mes valets

Plus d'iurogne plus de muguets,

ENGELIQVE.

Mon pere que vous estes rude
Si vous estiés en seruitude,
Prendriés vous fort grand plaisir
Que l'on vous fit ainsi souffrir,

POLICARPE.

Quand ie fais ce que ie desire
Est ce à vous à me contredire,
Diable voila bien des façons
Pour auoir chassé deux fripons,

ENGELIQVE.

Ah, vous deuiés garder Fabrice

POLICARPE.

Gardés que ie ne vous meurtrice,
De quelque bon coup de tricot

MAROTTE.

Ah, vous deuiés garder Guillot,

POLICARPE.

Ah, que d'inutilles parolles
Pour moy ie croy quelles sont folles,
Et quelles veulent sottement
Me perturber le iugement,
Mais quoy ie vois encor Fabrice

SCENNE X.

FABRICE.

OVy qui vous offre ſon ſeruice,
Et croiroit manquer ſon deuoir
S'il n'auoit l'honneur de vous voir,
Ainſi Monſieur ie m'en aquitte
Par cette derniere viſite,
En vous supliant en ce lieu
De daigner ſouffrir mon adieu,
Ie ſçay qu'ayant ſçeu vous deſplaire
Me montrant ie ſuis temeraire,
Et qu'aſurement mon aſpect
M'ayant bany vous eſt ſuſpect,
Mais las, quelle eut eſté ma peine
De partir auec voſtre haine,
Daignés dont n'en auoir iamais
Et vous quittant ie vous promets,
Que ie n'auray plus d'autre eſtude
Qu'à viure dans la ſolitude,
Qu'a regreter auec mes pleurs

Au font d'vn bois tous mes malheurs,
Car ie ne dois iamais paroiſtre
Ayant pû perdre vn ſi bon Maiſtre,

POLICARPE.

Ce garçon me touche le cœur
Et i'ay pitiè de ſa douleur,
Mais encor qu'elle eſt voſtre enuie.

FABRICE.

De ne plus ſeruir de ma vie,
Et du monde me retirer

POLICARPE.

Ie vous ferois redemeurer,
Si vous baniſſiés ces fleurettes
Ces douceurs & ces amourettes;
Mais à lors qu'on à de l'amour
On ne le pert pas en vn iour.

FABRICE.

Moy Monſieur, ny fille ny femme
N'ont iamais regné ſur mon ame,
Et loin d'eſtre ma paſſion
Ce ſexe eſt mon auerſion,

POLICARPE.

C'eſtoit donc vne mediſance

FABRICE

Toute pure & ſans aparence,
Et ſichez vous ie demeurois

Monsieur ie vous coniurerois,
Auecque toute ma puissance
De ne voir plus en ma presence,
Ce sexe qui me fait horreur

POLICARPE

Voyés quelle estoit mon erreur,
Sans suiet de chasser Fabrice
Alés r'entrés en mon seruice,
Ie vous commande absolument
D'y rester eternellement,

ENGELIQVE.

Mon pere chassés cette infame
Qui n'aime ny fille ny femme,
Que ferons nous de ce quagot

POLICARPE

Taisés vous, mais ie voy Guillot,
Te voila dont bonne pecore
Comment ie te reuois encore.

SCENNE XI.

GVILLOT.

MOnsieur ie n'osois d'estaller
Ny partir auant m'en aller,

Vous quittant i'ay le cœur si tendre
Qu'il se va par la moitié fendre,
Et suis tellement esperdu
Que ie le croy desia fendu,
Mais qu'il se fende ou qu'il se fonde
Que l'on m'enuoye en l'autre monde,
Me chassant comme vn animal
Tout cela me doit estre égal,
Ah, Monsieur c'est estre barbare
Que de souffrir qu'on nous separe,
Et nostre separation
Est vne cruelle action,
Par exemple daignés m'entendre
Et ie vous vay faire comprendre,
Ce qu'est le Maistre & le valet
C'est vn assamblage complet,
Le Maistre represente vne ame
Exempte de vice & de blâme,
Et dont le valet est le corps
Tous deux ioins par de doux accors,
Or ces deux choses assorties
Par d'admirables simpaties,
Alors qui les faut separer
Il faut estrangement tirer,
De sorte qu'à force qu'on tire
Bien souuent le tout se dechire,

Apres quand on a tout cassé
On - - - pourquoy maués chassé,

POLICARPE.

Que diable est ce qu'il me veux dire
Il me feroit creuer de rire,
Auecque ces comparaisons
Et bien qu'elle sont tes raisons,

GVILLOT

M'ayant chassé comme vne beste
Cela me tient fort à la teste,
Et ne me fâche pas pour peu
Mais vous quittant ie fais vn veu,
Que i'acompliray ie vous iure
A la barbe de la nature,

POLICARPE

Quel veu, que veut tu dire en fin

QVILLOT

De ne boire iamais de vin,
Et de m'en sevrer pour ma vie

POLICARPE

Tu me rauy par cette enuie,
Va redemeure auecque moy
Rentre en ton ordinaire employ,
Pour tant comme l'on dit en France
Que lobiet émeu la puissance,
Ie crains qu'en voyant mes tonneaux

Tu ne reprenne tes deffaux,

GVILLOT.

Monsieur n'ayés point cette crainte
Ie fais banqueroute à la peinte,
Et ie la bany de mes yeux
Ainsi qu'vn obiet odieux,

ENGELIQVE

Vous pouués bien chasser Fabrice

POLICARPE

Ah, que vous aués de caprice
Parlant à Fabrice & à Guillot,

Restés tenés tout proprement
Ie reuiendray dans vn moment,
Ie vay iusqu'a ma Maisterie

FABRICE A ENGELIQVE

Ne vous fachés point ie vous prie,
I'ay pour vous mesme passion

GVILLOT

Et moy i'aime tousiours le bon,

POLICARPE *reuenant sur ses pas à Fabrice.*

Vous n'aimiés tantost plus les femmes
Infame de tous les infames,
Ie vous ay bien oüy faquin
Et vous vous n'aimiés plus le vin,

A GVILLOT
Vous faisiés veu de n'en plus boire
Faisons vne tragique Histoire,
Ziste & zeste vous en aurés,
Depuis la teste, iusqu'au pieds,
Sur le ventre & sur les espaulles,
Allons dehors à coup de gaules,
Vous pendardes r'entrés chés nous
Pour auoir aussi mille coups.

FIN.

www.ingramcontent.com/pod-product-compliance
Lightning Source LLC
LaVergne TN
LVHW050458160826
845677LV00003B/817

9782329660356